GIULIA STUDART BATELLI

A APARÊNCIA DAS OPINIÕES

ILUSTRAÇÕES: JARBAS DOMINGOS

Giulia Studart Batelli

A APARÊNCIA DAS OPINIÕES

Ilustrações
Jarbas Domingos

Saíra
EDITORIAL

Copyright desta edição © 2021 Saíra Editorial
Copyright © 2021 Giulia Studart Batelli e Jarbas Domingos

1ª edição 2020
2ª edição 2021 (Saíra Editorial)

Direção e curadoria	Fábia Alvim
Gestão comercial	Rochelle Mateika
Gestão editorial	Felipe Augusto Neves Silva
Direção de arte	Matheus de Sá
Projeto gráfico	Jarbas Domingos
Revisão	Thayslane Ferreira

Dados Internacionais de Catalogação na Publicação (CIP) de acordo com ISBD

B328a Batelli, Giulia Studart

A aparência das opiniões / Giulia Studart Batelli ; ilustrado por Jarbas Domingos. - 2. ed. - São Paulo, SP : Saíra Editorial, 2021.
24 p. : il. ; 23cm x 23cm.

ISBN: 978-65-86236-23-1

1. Literatura infantil. I. Domingos, Jarbas. II. Título.

2021-1126

CDD 028.5
CDU 82-93

Elaborado por Vagner Rodolfo da Silva - CRB-8/9410

Índice para catálogo sistemático:
1. Literatura infantil 028.5
2. Literatura infantil 82-93

Todos os direitos reservados à

Saíra Editorial
Rua Doutor Samuel Porto, 396
Vila da Saúde – 04054-010 – São Paulo, SP
Tel.: (11) 5594 0601 | (11) 9 5967 2453
www.sairaeditorial.com.br | *editorial@sairaeditorial.com.br*
Instagram: @sairaeditorial

Para Isabella Dolores,
que já tem amor por livros.

AO OBSERVARMOS TUDO O QUE EXISTE NA VIDA, CRESCEM DENTRO DE NÓS SERES CHAMADOS DE OPINIÕES.

CADA OPINIÃO É PARTE DO QUE A GENTE PENSA.
E CADA UMA DELAS TEM UMA APARÊNCIA ÚNICA.

7

EXISTE OPINIÃO QUE NÃO TEM OUVIDO. NÃO ESCUTA O QUE É FALADO E PULA MAIS RÁPIDO DO QUE TODAS AS OUTRAS.

EXISTE OPINIÃO COM MUITOS OLHOS, QUE OBSERVAM OUTRAS OPINIÕES E DETALHES QUE NINGUÉM MAIS CONSEGUE VER. TEM PERNA CURTA, PULA DEVAGAR. SUA GRANDE QUANTIDADE DE OLHOS NÃO TIRA SEU MEDO DE TROPEÇAR.

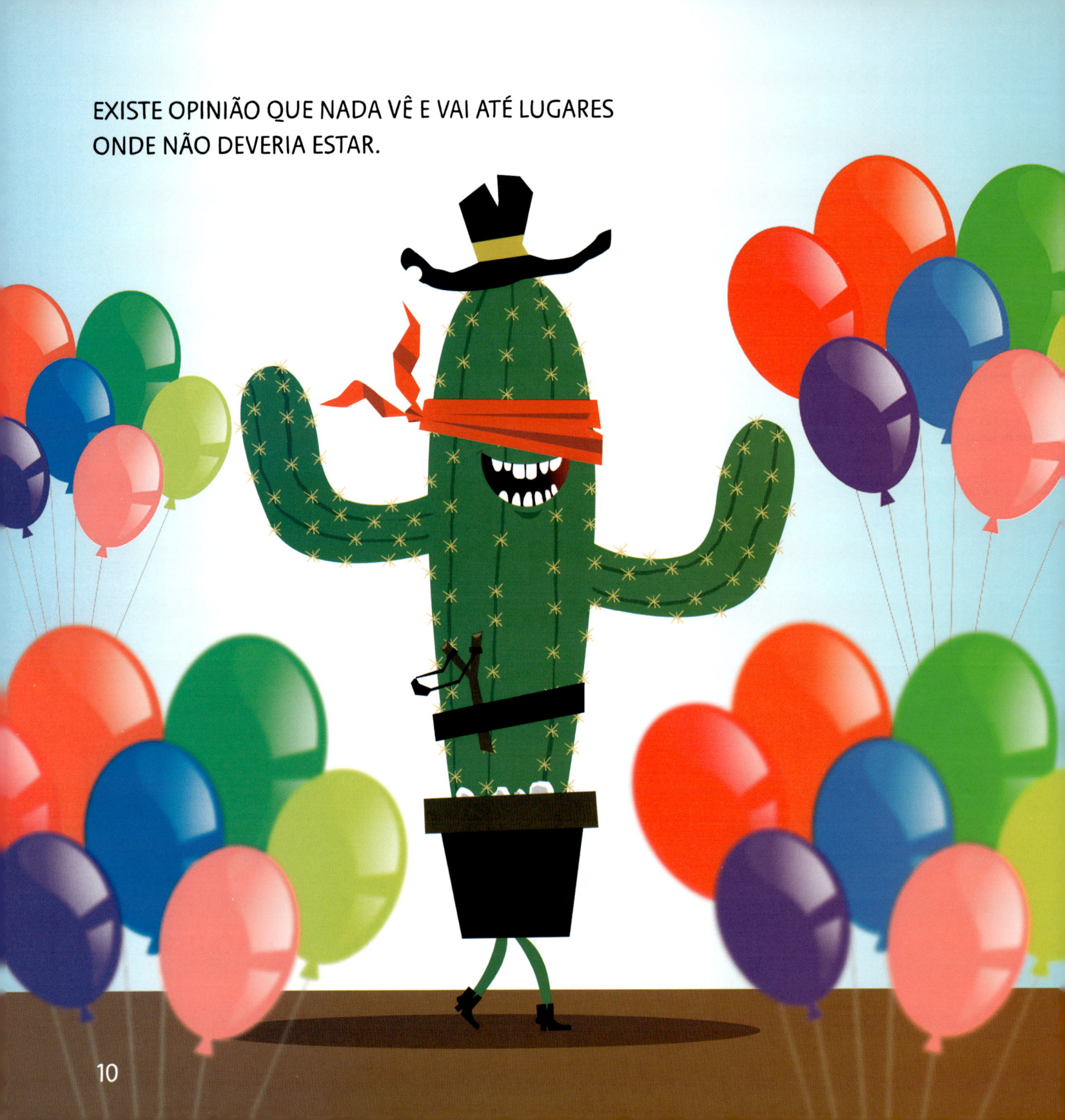

EXISTE OPINIÃO QUE NADA VÊ E VAI ATÉ LUGARES ONDE NÃO DEVERIA ESTAR.

EXISTE OPINIÃO QUE TEM UM OUVIDO GRANDE DEMAIS E QUE FICA CONFUSA SOBRE QUEM É ELA E QUEM SÃO AS OUTRAS.

EXISTE OPINIÃO COM BRAÇOS LARGOS, PORQUE ABRE SORRISOS.

EXISTE OPINIÃO QUE ESPETA E FERE QUEM A OUVE.

EXISTE OPINIÃO-GUIA, QUE AJUDA A CONDUZIR QUEM A OUVE AO MELHOR LUGAR.

EXISTE OPINIÃO QUE VAI E VOLTA E VAI E VOLTA.
DEPOIS QUE PULA, PARECE QUE SE ARREPENDE.

EXISTE OPINIÃO QUE É TORTA E DESVIA DO CAMINHO.

EXISTEM TAMBÉM OS PRECONCEITOS, QUE SÃO BEM DIFERENTES DAS OPINIÕES, MAS QUE SE DISFARÇAM COMO AGENTES SECRETOS E IMITAM OS SALTOS NAS BOLHAS QUE AS OPINIÕES FAZEM.

ÀS VEZES, AS OPINIÕES SE CHOCAM. NESSAS HORAS, PODEM ACONTECER DUAS COISAS:

UMA RESPEITAR A OUTRA, POR MAIS QUE SEJAM BEM DIFERENTES.

BRIGAREM PARA VER QUAL DELAS É A MAIS FORTE (QUANDO É ASSIM, ELAS SÓ SE MACHUCAM).

19

AO OBSERVAR CADA OPINIÃO, DÁ PARA CONHECER MUITO SOBRE UMA PESSOA. E É COMUM QUE AS OPINIÕES MUDEM AO LONGO DA VIDA.

O IMPORTANTE É SE PERMITIR MUDAR DE OPINIÃO E SABER QUAIS DELAS CULTIVAR.

21

Sobre a autora

Giulia Studart Batelli é formada em Jornalismo pelo IESB e é bacharel em Letras (português) pela Universidade de Brasília. É especialista em revisão de textos pela faculdade Unyleya. Acredita na importância da leitura na formação crítica das crianças.

Sobre o ilustrador

Jarbas Domingos é ilustrador, *designer* e pai. Trabalha como cartunista desde 1998 e seus desenhos são publicados em jornais, revistas, sites educativos, livros infantis e didáticos. Seus trabalhos possuem prêmios em salões nacionais e internacionais, como o World Press Cartoon, de Portugal.

Acesse: www.jarbasdomingos.com

Esta obra foi composta em Duper e em Sabon LT Pro
e impressa pela Melting Indústria Gráfica em offset sobre
papel couché fosco 150 g/m² para a Saíra Editorial
em abril de 2021

É assim
que eu sou!

Copyright © 2021 Newton Cesar

Dados Internacionais de Catalogação na Publicação (CIP) de acordo com ISBD

C421e

Cesar, Newton
 É assim que eu sou! / Newton Cesar ; ilustrado por Newton Cesar. - São Paulo, SP : Saíra Editorial, 2021.
 56 p. : il. ; 22cm x 22cm.

 ISBN: 978-65-86236-22-4

 1. Literatura infantil. I. Título.

2021-928 CDD 028.5
CDU 82-93

Elaborado por Vagner Rodolfo da Silva - CRB-8/9410

Índice para catálogo sistemático:
1. Literatura infantil 028.5
2. Literatura infantil 82-93

Direção e curadoria Fábia Alvim
Gestão comercial Rochelle Mateika
Gestão editorial Felipe Augusto Neves Silva
Direção de arte Matheus de Sá
Diagramação Luisa Marcelino
Revisão Samantha Luz
Leitura crítica Rita D'Libra
 Roselaine Pontes de Almeida

Todos os direitos reservados à

Saíra Editorial
Rua Doutor Samuel Porto, 396
Vila da Saúde – 04054-010 – São Paulo, SP
Tel.: (11) 5594 0601 | (11) 9 5967 2453
www.sairaeditorial.com.br | *editorial@sairaeditorial.com.br*
Instagram: @sairaeditorial